Queridos amigos roedores,
bienvenidos al mundo de

Geronimo Stilton

LA REDACCIÓN DE «EL ECO DEL ROEDOR»

1. Clarinda Tranchete
2. Dulcita Porciones
3. Ratonisa Rodorete
4. Soja Ratonucho
5. Quesita de la Pampa
6. Choco Ratina
7. Rati Ratónez
8. Ratonita Papafrita
9. Pina Ratonel
10. Torcuato Revoltoso
11. Val Kashmir
12. Trampita Stilton
13. Doli Pistones
14. Zapinia Zapeo
15. Merenguita Gingermouse
16. Pequeño Tao
17. Baby Tao
18. Gogo Go
19. Ratibeto de Bufandis
20. Tea Stilton
21. Erratonila Total
22. Geronimo Stilton
23. Pinky Pick
24. Yaya Kashmir
25. Ratina Cha Cha
26. Benjamín Stilton
27. Ratonauta Ratonítez
28. Ratola Ratonítez
29. Ratonila Von Draken
30. Tina Kashmir
31. Blasco Tabasco
32. Tofina Sakarina
33. Ratino Rateras
34. Larry Keys
35. Mac Mouse

GERONIMO STILTON
RATÓN INTELECTUAL,
DIRECTOR DE *EL ECO DEL ROEDOR*

TEA STILTON
AVENTURERA Y DECIDIDA,
ENVIADA ESPECIAL DE *EL ECO DEL ROEDOR*

TRAMPITA STILTON
TRAVIESO Y BURLÓN,
PRIMO DE GERONIMO

BENJAMÍN STILTON
SIMPÁTICO Y AFECTUOSO,
SOBRINO DE GERONIMO

Geronimo Stilton

¡AGÁRRENSE LOS BIGOTES... QUE LLEGA RATIGONI!

DESTINO

Obra editada en colaboración con Editorial Planeta – España

Título original: *Attenti ai baffi... arriva Topigoni!*
Traducción de Manuel Manzano

Textos de Geronimo Stilton
Ilustraciones de Larry Keys
Diseño gráfico de Merenguita Gingermouse
Portada de Larry Keys

© 2000, Edizioni Piemme S.p.A., Via del Carmine 5 – 15033 Casale
Monferrato (AL) Italia
© 2004, de la edición en lengua española: Editorial Planeta, S.A. –
Barcelona, España

© 2011, Editorial Planeta Mexicana, S.A. de C.V.
Bajo el sello editorial DESTINO M.R.
Avenida Presidente Masarik núm. 111, 2o. piso
Colonia Chapultepec Morales
C.P. 11570 México, D.F.
www.editorialplaneta.com.mx

Primera edición impresa en España: febrero de 2005
ISBN: 978-84-08-05745-1

Primera edición impresa en México: noviembre de 2011
ISBN: 978-607-07-0934-0

Impreso en los talleres de Litográfica Cozuga, S.A. de C.V.
Av. Tlatilco núm. 78, colonia Tlatilco, México, D.F.
Impreso y hecho en México □ *Printed and made in Mexico*

EL GRITO DE LA RATA DE ALCANTARILLA

Era una **CALUROSA** mañana de julio. Las vacaciones estaban a punto de empezar... Bajé (como siempre) al bar de la esquina a desayunar un capuchino y un **BRIOCHE AL QUESO**. Después me dirigí al puesto (como siempre) para comprar un ejemplar

fresco fresco de mi periódico...

Ah, pero ¿aún no les he dicho? Yo soy el director de **El Eco del Roedor**, el diario de mayor difusión de La Isla de los Ratones. ¡Mi nombre es Stilton, *Geronimo Stilton*!

Así pues, como les iba diciendo, me dirigí al puesto a buscar un ejemplar de mi periódico. Busqué, busqué, busqué... pero no lo encontré. Me dirigí al encargado, llamado **SOLOMEGUSTAN LASREVISTAS**:

—¡Buenos días, quiero mi ejemplar de costumbre de **El Eco del Roedor**!

Él contestó avergonzado, rascándose los bigotes:

—Ejem, ¡no tengo ninguno!

Yo estaba sorprendido:

—¿Cómo? ¿Ya se acabó?

Él sacudió la cabeza, aún más avergonzado.

—Señor Stilton, en realidad... ya no vendo *El Eco del Roedor* en mi puesto.

Yo estaba desconcertado.

—Pero ¿desde cuándo?

Él señaló las paredes del puesto, tapizadas con un nuevo periódico de escándalos,

¡EL GRITO DE LA RATA DE ALCANTARILLA!

—Esta mañana a las seis pasó por aquí un ratón con un solo JO. Me ha ofrecido una cifra increíble para que tuviese en exclusiva sólo *El Grito de la Rata de Alcantarilla*... y se ha llevado todos los ejemplares de *El Eco del Roedor* para enviarlos al tiradero de basura. Lo siento, señor Stilton, pero usted me comprende, ¿verdad?, los negocios....

El encargado

SOLOMEGUSTAN LASREVISTAS

Me abanicó las narices con un cheque de muchísimos ceros.

Yo balbucí:

—¿CÓMOCÓMOCÓMO? ¿Un ratón con un solo ojo?

Mientras corría hacia la oficina leí indignado *El Grito de la Rata de Alcantarilla*: pero ¿cómo se permitían la desfachatez de insinuar que *El Eco del Roedor* estaba al borde de la quiebra?

¡EL GRITO DE LA RATA DE ALCANTARILLA!

¡¡¡¡¡¡¡¡ESCANDALOSÍSIMO ESCÁNDALO EN RATONIA!!!!!!!!

Exclusiva: ¡Es posible que El Eco del Roedor esté al borde de la quiebra! ¡Ningún puesto vende ya su periódico y ninguna librería vende sus libros! ¡Tiempos duros para El Eco del Roedor! ¡Queridos lectores, no se preocupen porque no notarán la falta de El Eco del Roedor! Nosotros, los de El Grito de la Rata de Alcantarilla los tendremos informados... ¡¡¡Somos mucho mejores que ellos!!!

Geronimo Stilton
director
El Eco del Roedor

Un ratón
con un solo ojo

Al pasar por delante de la librería de la Avenida del Queso de Bola eché distraídamente una mirada al escaparate. Con un nudo en el estómago comprobé que no había ni un solo libro de *Ediciones Stilton*, sino sólo los de una editorial nueva: *¡Ediciones El Grito!*

Se asomó *Cartoné Tapadura*, el propietario de la librería, un ratón de aspecto **esnob** que yo conocía desde hacía al menos veinte años.

Él estaba avergonzado.

—Señor Stilton, ¿conoce la noticia, verdad? Ya no tengo libros de su editorial, lo siento. He aceptado la propuesta que me ha hecho un ratón con un solo ojo...

Me abanicó las narices con un cheque de muchos, muchísimos ceros. Yo me puse *PÁLIDO COMO UN QUESO FRESCO* y pensé:

—*Entonces, ¡la situación es aún peor de lo que me había imaginado!*

Con los bigotes *VIBRÁNDOME* de ansiedad llegué a mi oficina. Subí la escalera apresurado, entré a la carrera y llamé a mi secretaria a todo pulmón:

— *¡Ratonilaaaaaaaaaa!*

... llamé a mi secretaria a todo pulmón...

？?？
PERO ¿QUIÉN ES EL RATÓN MISTERIOSO?

Mis colaboradores llegaron de inmediato.

—Señor Stilton, ¿ya escuchó la noticia?

—Todos los puestos de la isla han dado la exclusiva a *El Grito de la Rata de Alcantarilla*...

—Todas las librerías exponen sólo los libros de *Ediciones El Grito*.

Me mordí la cola de rabia y grité:

—*Entonces ¡la situación es aún mucho peor de lo que me había imaginado!*

Encendí el televisor. Un periodista famoso de **Rat TV**, **Noti Ción**, anunció:

—¡Edición extraordinaria! Esta mañana un misterioso ratón con un solo ojo, propietario

¡Edición extraordinaria!

¡Una noticia increíble!

Un ratón misterioso...

Con un solo ojo...

...pero ¿¿¿quién quiere arruinar...

... a Geronimo Stilton???

El famoso periodista
Noti Ción

de *Ediciones El Grito,* ha visitado las librerías y los puestos de la isla, retirando todos los libros y periódicos de *Ediciones Stilton* para enviarlos al BASURERO. Pero ¿¿¿quién es ese misterioso ratón que está arruinando a Geronimo Stilton???

Con los bigotes vibrándome de exasperación grité:

—Entonces ¡la situación es aún mucho mucho peor de lo que me había imaginado!

TORCUATO REVOLTOSO, *TANQUE* PARA LOS AMIGOS

SONÓ el teléfono. Fui a responder.

—Diga, aquí Stilton, ¡Geronimo Stilton!

Era *tía Lupa*, mi tía preferida.

—Sobrino, voy a darte una mala, es más, una pésima noticia. Ejem, vaya, no sé cómo decírtelo..., el abuelo... el abuelo Torcuato...

Un escalofrío repentino me recorrió el pelaje al oír nombrar a mi abuelo, **Torcuato Revoltoso**, **Tanque** para los amigos, el ratón que fundó la empresa.

—¡Tía Lupa! ¡Dime toda la verdad! El abuelo... el abuelo Torcuato... ¿está mal? —pregunté.

Oí al abuelo rugir al teléfono:

—Pero ¡qué tonterías son esas! ¡Estoy perfectamente! Pero ¡si *no haces algo rápido para salvar la empresa voy a tomar yo de nuevo las riendas de la editorial!* ¿Has entendido? ¿¿¿Has entendido, nieto???

Yo intenté protestar:

—Pero, abuelo..., yo...

Él gritó:

—¡No te quedes pasmado, nieto! ¡Haz algo rápido! ¿Entendido?

¡¡Si no, voy para allá y te echo a patadas!! ¡¡A patadas!! ¿Entendido? ¿Entendido, nieto?

Torcuato Revoltoso,
Tanque para los amigos

Geronimo Stilton

Me quedé con un palmo de narices.

Lloré todas las LÁGRIMAS que puede llorar un ratón y me jalé los bigotes de pura desesperación.

—*Entonces ¡la situación es aún mucho mucho mucho peor de lo que me imaginaba!*

me jalé los bigotes

me jalé los bigotes

me jalé los bigotes

me jalé los bigotes

me jalé los bigotes

me jalé los bigotes

me jalé los bigotes

me jalé los bigotes

me jalé los bigotes

me jalé los bigotes

PERO ¡ESTO ES UNA INJUSTICIA FELINA!

De nuevo sonó el teléfono.

Era **AVARITA TACAÑOSA**, la riquísima pero roñosa propietaria del edificio de la

Calle del Tortelini, 13.

—Buenos días, señor Stilton..., ejem, me veo obligada a pedirle que abandone las oficinas de *El Eco del Roedor*... Esta mañana, un ratón con un solo ojo me ha ofrecido una cifra **INMENSA** por alquilarlo... así que, comprenda, yo he aceptado...

Yo estaba desconcertado.

AVARITA TACAÑOSA

—¿**CÓMOCÓMOCÓMO?** ¿Quiere decir que *El Eco del Roedor* debe desalojar el edificio? Ella murmuró:

—Así es, lo siento..., lo siento mucho... pero es necesario que se vayan rápido, dentro de **MEDIA HORA** llegarán los muebles del nuevo inquilino, *Ediciones El Grito*...

Con el pelaje **erizado** de indignación, grité:

—Pero... pero... ¡¡¡esto es una injusticia felina!!!

Ella carraspeó:

—Sí, tiene razón, señor Stilton, pero comprenda, los negocios son los negocios... El ratón con un solo ojo me ha ofrecido una cifra inmensa...

Colgué el teléfono y susurrando con un hilillo de voz, dije:

—Por mis bigotes... *Entonces ¡la situación es aún mucho mucho mucho mucho peor de lo que me imaginaba!*

¡SU BANCO SE LO PUEDE QUEDAR!

El teléfono sonó de nuevo.

—¡UFFF!

Agarré rápidamente el auricular y exclamé exasperado:

—¡Qué! ¡¡¡Qué!!! ¿Quién es ahora?

Del otro lado me respondió la voz del director del Banco Ratonil de Ratonia, **Bancarroto Bancario.**

—Buenos días, quisiera hablar con el señor Stilton, Geronimo Stilton...

—¡Sí, soy yo! —grité—. Seguro que está a punto

Bancarroto Bancario

de decirme que le ha **CORTADO** todo el financiamiento a nuestro periódico...

—¡**Sí!** —respondió estupefacto.

—Y seguro que está a punto de decirme que lo siente mucho pero que no puede seguir dándome crédito... —dije.

Él exclamó cada vez más sorprendido:

—¡**Sí!** ¡**Sí!**

—Y seguro que también está a punto de decirme que el Banco de Ratonia ha sido adquirido por un ratón con un solo ojo... —proseguí.

—¡**Sí!** ¡**Sí!** ¡**Sí!** —gritó.

—Pues ¡yo le digo que su banco se lo puede quedar! —grité—. ¿No le da vergüenza? ¡También en los negocios uno debe comportarse con honestidad!

Colgué el teléfono y murmuré, afligido:

—*Entonces ¡la situación es aún mucho mucho mucho mucho mucho peor de lo que me imaginaba!*

TODO
EN UNA MAÑANA...

Me DESMAYÉ sobre el escritorio. Había sucedido todo tan rápido, todo en una ma-ñana...

Ratonila tomó un pedazo de queso maduro y me lo **agitó** bajo la nariz para hacerme volver en mí. Yo me recuperé mientras los demás murmuraban:

—Ese ratón misterioso quiere arruinar *El Eco del Roedor*...

—¿Quién será?

Comprendí que debía tomar alguna decisión. Para hacerme oír entre la confu-sión, grité:

¡SILENCIO!

Después solté un discurso de lo más solemne:

Cuánto más trágica es la situación, más necesidad hay de mantener el control de los nervios. No olvidemos que para cada problema existe una solución. ¡¡¡La editorial la encontrará!!!

BAYETA BRILLO

La señora de la limpieza, BAYETA BRILLO, me dijo:

—Señor Stilton, ¡qué discurso tan bonito! Pero ¿qué piensa hacer ahora?

Yo me rasqué el pelaje, pensativo, después miré a los OJOS a mis colaboradores uno por uno, me aclaré la garganta, abrí la boca para hablar... y a continuación estallé en sollozos gritando:

—¡¡¡No lo sééé!!!

Oí a los demás murmurar:

—Pobrecito, lo han traicionado los nervios...

—Y pensar que lo **INVIRTIÓ** todo en la empresa...

—Todo, todo, todo...

—Quién sabe lo que le dirá su abuelo, el tremendo Torcuato Revoltoso, *Tanque* para los amigos...

—Es más, quién sabe lo que le *hará*..., seguro que algo **TREMENDO...**

—Increíble, y todo ha sucedido en una mañana...

—Para no creérlo...

—Pobre señor Stilton, es un ratón arruinado, ¿qué hará ahora?

—Pero...

—No querría estar en su piel...

LÁGRIMAS DE RATÓN

La puerta se abrió de golpe y yo di un salto en la silla. Entró mi hermana Tea, la enviada especial de *El Eco del Roedor*. Llevaba de la mano a mi sobrino preferido, Benjamín.

—¡Geronimoooo! —exclamó Tea—. ¡Debes hacer algo inmediatamente! ¡Rápido!

Benjamín corrió a mi lado, me dio un besito en la punta de los bigotes y exclamó muy preocupado:

—¡Sí, tío Geronimo, tienes que hacer algo rápido! **¡INMEDIATAMENTE!**

Yo estrujé el pañuelo empapado de lágrimas.

—¿¿¿Qué puedo hacer, eh, qué??? —sollocé.

—**¡GERONIMO!** —me gritó Tea—. ¿No te da vergüenza? ¡Tienes que reaccionar! ¡No puedes dejar que la editorial se hunda!

Yo me sequé los bigotes goteantes de lágrimas. Me volví al pequeño grupo de mis colaboradores y sollocé:

—Amigos..., los llamo amigos porque durante veinte años han compartido conmigo satisfacciones y problemas, **alegrías** y **dolor**, aquí en *El Eco del Roedor*. Hemos trabajado juntos y eso nos hace sentirnos unidos. Hoy los necesito más que nunca. ¿Puedo... puedo contar con su ayuda?

Hubo un instante de silencio, luego todos gritaron como un solo ratón:

—¡¡¡Síííííííííííííííííííííííííííííííííí!!!

Comprendí que el momento era solemne.
Teníamos que hacer algo... sí, pero ¿qué?
Por casualidad ME FIJÉ en el ejemplar de *El
Eco del Roedor* del día anterior. El periódico
estaba abierto por la página de los anuncios.
Con el rabillo del OJO vi un anuncio que
decía:

Tuve una inspiración. Tomé el periódico y lo levanté como si fuese una bandera.

Grité:

—¡Si las librerías y los puestos no nos quieren..., inventaremos una nueva distribución! Contrataremos a Ratigoni... ¡por mil quesos de bola que lo conseguiremos! ¡Lo conseguiremos! ¡¡¡Lo conseguiremos!!!

Todos gritaron:

—¡Hurra por Geronimo Stilton! ¡Hurra por *El Eco del Roedor*!

¡HURRA!!

¡Hurra por El Eco del Roedor!

A FIN DE CUENTAS ...

Telefoneé al número que indicaba el anuncio. Cinco minutos después oí un grito:

—¡Agárrense los bigotes, que llega Ratigoni!

¡¡¡**R** de *Relájate que ya pienso yo!!!*

¡¡¡**A** de *Ahora van a ver lo que es bueno!!!*

¡¡¡**T** de *Todo el mundo a sus puestos!!!*

¡¡¡**I** de *Ideas no nos faltarán!!!*

¡¡¡**G** de *Ganaremos en menos que maúlla un gato!!!*

¡¡¡**O** de *Ojo que ya empezamos!!!*

¡¡¡**N** de *Nada de echarse atrás!!!*

¡¡¡**I** de *Ignición, motores listos!!!*

—*¡Agárrense los bigotes, que llega Ratigoni!*

La puerta se abrió de golpe y me dio en las narices, machacándome los bigotes.

Aplastado contra ella como un sello de correos, me deslicé lentamente hasta el suelo, gimiendo:

—Ayyy...

Ratonila me agitó bajo la nariz unas sales de queso rancio para reanimarme.

Cuando me recuperé, bizqueé al ver *al tipo* que acababa de entrar.

Frente a mí había un roedor alto, vestido con un saco gris y una corbata; con el pelaje rapado y el cráneo BRILLANTE como una bola de billar. Llevaba un par de lentes de intelectual tras cuyos cristales se escondían unos ojos de expresión inteligente. Me fijé en que tenía un teléfono celular AMARILLO en la oreja derecha, uno ROJO metido en el bolsillo del saco, uno AZUL en el bolsillo superior, otro

VERDE apuntando en el bolsillo posterior del pantalón y uno **ROSA** colgado del cuello.

ABRÍ la boca y murmuré perplejo:

—Perdone..., usted es...

De inmediato, él empezó a hablar sin parar:

—*BuenosdíasatodosmellamoRatigoni*... ¡No tenga miedo, Stilton! ¡¡¡Ha encontrado al ratón adecuadoooo!!!

Yo di un paso atrás.

—¡Ejem, ya entendí, no hace falta que grite..., no tengo las orejas rellenas de queso!

En ese punto él volvió a gritar aún más fuerte:

—*A fin de cuentas*, ¿qué tan grande es la empresa?

Yo intenté responder:

—Bueno, la empresa...

—*A fin de cuentas*, ¿cuál es el problema? —prosiguió.

—En fin, el problema... —tartamudeé.

Él interrumpió:

—Pero, sobre todo, *a fin de cuentas*, ¿cuánto cobraré por el trabajo?

Desconcertado, intenté hablar:

—Yo creo que...

Él no me dejó acabar:

—¡Hoy me siento generoso, *a fin de cuentas*, deme el doble de lo que iba a ofrecerme al principio y empiezo de inmediato dónde está mi despacho ah ya veo está por ahí lo he olido en seguida voy y vuelvo!

Entonces me estrechó la pata, me la apretó con fuerza, con la otra pata agarró rapidísi-

mamente un trozo de queso que estaba enci-
ma de mi escritorio y se lo metió en la boca
con expresión de placer:

—¡Peroquébuenoestáestequeso!

Luego, de un salto partió a la carrera por el
pasillo gritando:

—¡Agárrense los bigotes, que llega Ratigoni!
¡Todos listos! ¡*ATENTOS*, subraza de
ratas, subproducto de ratas de cloacas,
subespecie de roedores! *¡Vamos,
hay que empezar a vender!*

Yo tuve que comer un poco
de queso para recuperarme.
Ratonila murmuró so-
ñadora:

—¡Es un vendedor nato!
Señor Stilton, ha tenido
suerte de encontrarlo...
Yo murmuré trastornado:

—¿Usted cree?

Ratonila von Draken

¡Vamos, hay que empezar a vender!

Treinta segundos después la puerta de la oficina se abrió de nuevo.

Yo me sobresalté...

Y me puse bizco: ¡era Ratigoni, ya de vuelta! Se subió a *mi* escritorio y desde allí empezó a hablarle a *mis* colaboradores, sosteniendo un micrófono en la pata:

—¡Hay que vender! ¿Tienen claro el concepto? ¡Ven-der! ¡¡¡V-e-n-d-e-r!!!

¡VENDEEEEEEEEEEEEEEEEEER!

—Hizo una pausa para tomar aire y prosiguió su discurso a todo pulmón.

PRIMER *OBJETIVO:*

¡Supermercados y centros comerciales!

¡Nos pondremos frente a la entrada y venderemos libros y periódicos a los roedores que vayan de compras!

Nos colocaremos frente a los supermercados...

SEGUNDO *OBJETIVO:*

¡La calle!

¡Nos situaremos en los semáforos, para vender a los automovilistas que se paran en los cruces!

En los cruces de las calles...

TERCER OBJETIVO:

¡Las estaciones de metro!

¡Estaremos presentes las **24** horas del día en todas las estaciones de ferrocarril y en las paradas del metro, para vender libros y periódicos a los viajeros!

En las paradas del metro y en las estaciones de ferrocarril...

CUARTO OBJETIVO:

¡Puerta a puerta!

¡Tocaremos en las puertas de todas las casas de la ciudad para vender nuestros periódicos **RECIÉN SALIDOS** de la imprenta!

Tocaremos en todas las puertas...

39

QUINTO OBJETIVO:

¡Las playas!

¡¡¡Recorreremos todos los establecimientos de balnearios, para ofrecer libros y periódicos a los turistas acostadotes al sol bronceándose el pelaje!!!

En las playas...

SEXTO OBJETIVO:

¡Los cines!

¡Venderemos también a los roedores que entran y salen de los ci - nes, a cualquier hora!

Frente a los cines...

Con los ☉JO☉ brillándole de entusiasmo
Ratigoni gritó:

—Así pues, ¿están listos? *¡Pues a ponerse
las pilas y empezar a vender!*

Durante unos segundos el silencio fue total,
luego, estupefactos, se miraron a los ☉JO☉
los unos a los otros y gritaron:

—¡¡¡*HURRA* por Ratigoni!!!

Satisfecho, éste agitó el micrófono en el aire
y declaró:

—Así me devore un gato... *¡A fin de cuentas*
que lo vamos a conseguir! ¡¡¡Palabra de
Ratigoni!!!

Luego exclamó con expresión trágica:

—*¡Seré cara de queso*..., he perdido mi teléfono preferido! ¡Voy a buscarlo!

Se *PRECIPITÓ* fuera de la habitación.

Yo quería decirles unas palabras a mis colaboradores, pero de repente oí un grito:

—¡Agárrense los bigotes, que llega Ratigoni!

De nuevo la puerta se abrió de golpe y volvió a darme en todas las narices aplastándome los bigotes.

—¡Ayyy! —gemí débilmente.

Y entró Ratigoni, que soltó una carcajada y me guiñó el OJO.

—¡Que no cunda el pánico, Stilton! ¡Ya encontré mi *teléfono*! Lo había olvidado en el lavabo.

Ratonila me reanimó de nuevo, agitándome un pedacito de queso bajo las narices.

Me di cuenta de que mis colaboradores estaban hablando en voz baja. Una de ellos, **Quesita**, pidió **tímidamente** el micrófono a Ratigoni y exclamó:

—Ejem, también yo tengo algo que decir.

Ratigoni le cedió cortésmente el micrófono para que pronunciara su discurso...

Quesita se aclaró la voz, y después dijo:

—Ejem, ¡los colaboradores de *El Eco del Roedor* han decidido renunciar a sus vacaciones para salvar el periódico!

Quesita Kashmir

Ratigoni le cedió cortésmente el micrófono para que pronunciara su discurso...

Yo estaba tan *emocionado*

que me sequé una lágrima a escondidas.

Quesita continuó:

—... y para mantener el periódico en estos difíciles momentos, ¡trabajaremos gratis!

Ratigoni me palmeó el hombro y exclamó:

—Lo conseguiremos, Stilton. Estamos todos listos para la nueva distribución. *A fin de cuentas* que lo conseguiremos, me juego el pellejo.

¡PALABRA DE RATIGONI!

Cita a las once...

Ratigoni continuó:

—¡Necesitamos una nueva sede para *El Eco del Roedor*! ¿Quién tiene una idea?

Silencio. Luego se elevó la voz de Ratonila.

—Señor Stilton, mi primo es panadero, se llama Harinoso Panarra.

Tiene un enorme almacén en un sótano de la periferia, en la calle del Queso, 85. Po - dríamos transfe- rir allí temporal mente la edito- rial...

Harinoso Panarra

Ratigoni anunció satisfecho por el micrófono:

—OK, entonces tenemos una cita esta noche a las once en la calle del Queso, 85. Ahora que cada uno recoja su paquete de libros y periódicos, y a trabajar. ¡Quiero a todo el mundo fuera! *¡Vamos, que hay que vender!*

Todos salieron cargados de paquetes.

Tea, sin embargo, se sentó delante de la computadora y empezó a navegar por **internet**. Por su expresión comprendí que tenía una idea en la cabeza... Estaba a punto de preguntarle de qué se trataba cuando Ratigoni me colgó una mochila llena de periódicos en la espalda, me puso un **paquetón** de libros entre las patas y exclamó apurándome:

—¡Vamos, Stilton, date prisa! ¡Esta tarde tienes que haberlo vendido todo, hasta el último ejemplar! *¡Hay que vender!*

A continuación me empujó fuera de la oficina.

—¡Nos vemos a las once! *¡Vamosvamosvamos!*

Me fui, con un suspiro.

Fue una jornada durísima.

Me coloqué en el cruce entre la calle Parmesano y la avenida del Queso Manchego, justo al lado del semáforo.

Cuando los automovilistas se paraban ante la luz roja yo exclamaba:

—*¡El Eco del Roedor!* ¡Las últimas noticias, **recién salidas** de la imprenta!

»¡Liiiibros! ¡Liiibroooooos! —continuaba gritando.

»¡Fórmense una cultura, lean libros de calidad, lean libros de Stilton!

Por mil quesos de bola, se lo garantizo, fue duro, es más, durísimo. Todos los automovilistas llevaban las ventanillas cerradas por el aire acondicionado y pocos sacaban una pata fuera para comprar nada.

Muchos hacían como que no me veían, otros me miraban con desprecio.

Era finales de julio y hacía un calor felino. Yo tenía el cráneo **COCIDO** por el sol, y me sentía cada vez más desconsolado, pensando en el futuro de mi editorial...

En un momento dado se detuvo el *lujoso* automóvil del conde Ratulfo de Roquefort, uno de los ratones más distinguidos de la ciudad.

Oí a la condesa de Roquefort *cuchichear* curiosa:

—Pero ¿ése no es Stilton, Geronimo Stilton?

¡Glups!

Oí otra voz femenina responderle chismosa:

—¡Oh, pues sí, es él! ¡He oído que está completamente arruinado! ¡Todo ha ocurrido en una mañana! ¡*Esta* mañana! ¡Increíble!

El chofer bajó la ventanilla. Me miró de **ARRIBA ABAJO** con presunción:

—¡Deme un periódico..., y quédese con el cambio!

Yo **ENROJECÍ** de vergüenza.

Pero entonces pensé que no estaba haciendo nada de qué avergonzarme: estaba salvando mi editorial, *¡por mil quesos de bola!*

Así que levanté la cabeza, enderecé la cola y pensé:

—¡Un ejemplar más vendido!

Me armé de valor y empecé a gritar de nuevo.

—¡Periódicos, periódicooooos! ¡Las últimas

LA VIDA SIEMPRE ES BELLA

Por la tarde tenía las orejas QUEMADAS por el sol, las patas llenas de ampollas de tanto correr de un lado a otro durante todo el día, y la moral a la altura del suelo. Me había quedado sin voz... y tenía un hambre felina. Me arrastré agotado hasta el almacén de la periferia donde se había fijado la reunión. Vi el cartel de la panadería:

Harinoso Panarra
El mejor pan
lo hago yo

Me encontré en un sótano donde flotaba un delicioso aroma a pan recién horneado.

Harinoso vino a mi encuentro. Era un ratón pequeñito con los ojos CENTELLEAN-TES DE ALEGRÍA, que me estrechó la pata con cordialidad.

—¡Hola, jefe! He oído que los negocios no van demasiado bien, ¿eh?

Yo me presenté:

—¡Buenas tardes, mi nombre es Stilton, *Geronimo Stilton*! Le agradezco infinitamente su ayuda, mi editorial está atravesando un momento difícil, pero estoy seguro de que lo conseguiremos...

Me dio una palmada en el hombro, dejándome una mancha de HARINA en la manga.

—¡Pues claro que lo conseguirá, jefe! En la vida hay momentos difíciles, pero hay que ser duro y no tener miedo. ¡No acobardarse nunca!, eso es lo que yo siempre digo. Y,

En el sótano flotaba un aroma a pan recién horneado...

sobre todo, no perder nunca el sentido del humor. ¡Pase lo que pase, hay que reírse de ello! Ah, y, jefe, quédese aquí hasta que quiera. A propósito, yo no soy rico, pero... si necesita un *pequeño préstamo…*

Yo negué con la cabeza, emocionado.

Harinoso me miró detenidamente y murmuró preocupado:

—Jefe, está PÁLIDO. ¿Ha comido?

Agarró rápidamente un bollo relleno de queso y me lo puso entre las patas.

—Ande, coma un poco, verá cómo después la vida le parecerá más *bella*, mis bollos hacen resucitar a un ratón muerto...

—Gracias, estoy emocionado...

—Pero ¡qué gracias ni qué ocho cuartos! Cuando se puede ayudar, digo yo, hay que hacerlo... ¡Ande, jefe, coma mientras está CALIENTE!

Me relamí los bigotes. El bollo era delicioso...

¡YO LE TENGO APRECIO A MI COLA!

Mientras comía mi delicioso bollo al queso, nos reunimos en la parte del sótano donde estaban AMONTONADOS los costales de harina.

Ratigoni, de pie sobre uno de ellos, calculaba con expresión satisfecha las ganan - cias del día.

—¡¡¡Vaya, vaya, vayaaa!!! —se regodeó.

Después sonrió bajo los bigotes:

—¡Para sostener la editorial, sin embargo, se necesita capital fresco, mucho y rápido! Pero tranquilícese Stilton, ya tengo **UNA IDEA...**

Me dio una palmada en el hombro y me gritó en la oreja:

—¡Ahora le toca a usted, Stilton!

Yo me sorprendí:

—Perdone, ¿qué es lo que me toca a mí?

Él me guiñó el ojo:

—Stilton, ¿conoce el concurso televisivo «**LA RATONERA**»? Sí, ese concurso **ESPELUZNANTE** y millonario patrocinado por las curitas **RATEX**, que se emite a medianoche...

El concursante se sienta sobre una trampa para ratones..., cuando da una respuesta equivocada la trampa le agarra la cola... ¡y a veces se la arranca de golpe! ¡¡¡En vivo!!!

—¡No pienso participar! —chillé—. ¡Yo le tengo aprecio a mi cola!

Él meneó la cabeza:

—*No no no*, así no vamos bien, Stilton... Usted me ha pedido que salve la editorial y yo la salvaré..., pero si le pido un esfuerzo insignificante de vez en cuando, usted debe colaborar, ¿entiende?

Me puse a **patalear**.

—Pero ¡esto no es un esfuerzo insignificante: es un concurso peligrosí- simo!

Él adoptó una expresión pícara.

—Justo por eso al final dan un premio de un millón...

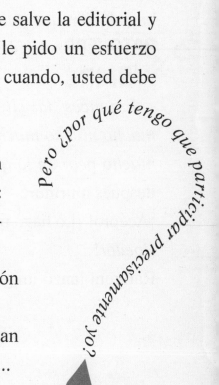

Pero ¿por qué tengo que participar precisamente yo?

—Pero ¿por qué tengo que participar precisamente yo? —pregunté con los bigotes vibrándome de exasperación.

Mi secretaria, Ratonila, habló en nombre de todos:

—Señor Stilton, usted es un ratón intelectual, con una cultura impreSionante. Si hay alguien que puede ganar el premio «LA RATONERA» ése es usted, sólo usted...

YO SUSPIRÉ:

—*Entonces la situación es aún mucho mucho mucho mucho mucho mucho mucho mucho peor de lo que me imaginaba...* —Y después murmuré—: Bien, no tengo elección. ¡Acepto! ¡Lo hago por el honor de *El Eco del Roedor*!

Ratigoni lanzó un grito que me sobresaltó.

...¡lo hago por el honor de El Eco del Roedor!

—¡Bravo, Stilton! ¡¡¡Me juego la cola a que ganaremos una **MILLONADA**!!! ¡A propósito, Stilton, ya lo hemos inscrito para esta noche! ¿Está listo, Stilton? ¿Eh? ¿Se siente preparado, Stilton? ¡Stiltooooon!

«LA RATONERA»

Eran tantos los motivos por los que estaba preocupado: ante todo, era un concurso peligroso y además yo soy un ratón **tímido**... ¡la idea de tener que participar en un concurso en vivo, delante de millones de telerroedores me disgustaba profundamente!

Harinoso me obligó a comer otro bollo al queso para **LEVANTARME** los ánimos y me metió otro más, todavía **CALIENTE**, en el bolsillo de la chaqueta.

—Nunca se sabe, quizá le entre hambre...

Ratigoni me acompañó a los estudios televisivos de **Rat TV**, donde se desarrollaba en vivo el **ESPELUZNANTE** concurso. En mi

opinión, temía que me echa-
ra atrás en el último mo-
mento... ¡En efecto, la tenta-
ción de renunciar era muy fuerte!

¡ERA DE NOCHE!

Llegamos a la entrada de **Rat TV**, donde
el portero nos miró con admiración:

—¿Cuál de ustedes es el concursante? —pre-
guntó.

—¡Ejem, soy yo! —respondí.

Él me estrechó la pata.

—Felicidades, usted debe de ser un ratón
muy valiente para participar en un concurso
TAN PELIGROSO como «LA RATONERA»...

Finalmente entramos en el estudio.

Nos salió al encuentro el presentador del con -
curso. Torturio ☠ Machacarratones.

Era un tipo pálido pálido, con los dientes afi-
lados, vestía una camisa blanca de seda, un

traje **NEGRO** y llevaba una larga capa de raso escarlata sobre los hombros...

Torturio se acercó a mí y ululó con una voz profunda e inquietante:

—Así pues, ¿usted es el concursante? ¿Es usted a quien machacaré esta noche?

¡... parecía un verdadero vampiro!

Torturio ☠ Machacarratones

Yo PALIDECÍ e intenté deslizarme hacia la salida. Ratigoni se interpuso y me bloqueó la huida murmurándome al oído:

—Stilton, no se echará **atrás** justo ahora, ¿no? ¡Piense en la editorial! *¡Tiene que ganar!*

Yo balbuceé:

—¡Sí, pero la cola que está en juego es la mía!

Él exclamó en voz baja:

—Tranquilo, Stilton, ¿qué le interesa más, su cola o *El Eco del Roedor*?

Yo repliqué:

—Vaya, ésa es una buena pregunta, ¿no podría **reflexionar** con calma y luego lo ha - blamos?

Torturio me agarró por la cola, susurrando:

—Mire, no podemos retrasarnos, ¿sabe? Hemos bloqueado todas las puertas del estudio, Stilton, ¡y la trampa ya está lista!

Después ululó:

—Dentro de veinte segundos empezamos. ¡*En la boca del gato*, Stilton!

Entonces se rió de un modo horripilante, con una risa salvaje:

—Jijijijijijijijiiiii....

Yo me estremecííí.

¡EN LA BOCA DEL GATO, STILTON!

De repente, las luces del estudio se apagaron. Un gran reloj de péndulo empezó a dar las horas:

Una, dos, tres, cuatro, cinco, seis, siete, ocho, nueve, diez, once, doce... ¡¡¡Era medianoche!!!

Las luces se encendieron de nuevo mientras yo parpadeaba confuso.

Dos robustas ratas de cloaca me agarraron gritando:

—¡Ha llegado tu hora, Stilton!

Entonces, teniéndome así, bien sujeto, ¡me arrastraron hacia una enorme trampa para ratones!

Ratigoni sólo tuvo tiempo de exclamar:

—¡Duro con el gato, Stilton!

Yo respondí con un hilillo de voz, recurriendo a las pocas fuerzas que me quedaban:

—¡Que alguien agarre al gato, por favor!

Las ratas de alcantarilla me sujetaron la cola a la trampa. ¡¡¡Había caído en ella, nunca mejor dicho!!!

Torturio Machacarratones soltó una risita histérica:

—¡Aquí está el concursante de esta noche... el señor Geronimo Stilton, de Ratonia!

C. MENTERIO   A. SESINO   F. ANTASMA   M. ATÓN   C. ADÁV

S. EPULTURERO   C. RIPTA   L. ÁPIDA   F. RANKENSTEIN   V. AMPIRO

¡ATENTO A SU COLA, STILTON!

OBSERVÉ a los expertos del jurado.
¡Qué nombres tan extraños... y qué CARAS
TAN SINIESTRAS!
Torturio prosiguió:
—Díganos, díganos, querido señor Stilton,

A. TAÚD

M. UERTO   C. ALAVERA   G. USANO

F. ÚNEBRE   D. RÁCULA   E. C. TOPLASMA   P. OLTERGEIST   L. ÚGUBRE

¿qué hace de bueno en la vida? ¡¡¡Cuéntenos todo de usted, todo!!!

Yo me aclaré la garganta:

—Ejem, bien, pues yo soy un ratón editor, dirijo el periódico de mayor difusión de La Isla de los Ratones, *El Eco del Roedor...*

Él me interrumpió y se rió, sádico:

—Me han dicho que los negocios no van demasiado bien últimamente, querido Stilton... ¿Quizá por eso participa en nuestro jueguecito? ¿Es porque necesita dinero? ¿¿¿Quizá porque está desesperado??? ¡Jijijijiiiiii!

Y soltó una carcajada **MALÉVOLA**.

Yo **me ruboricé**, humillado, y miré hacia Ratigoni, quien levantó no uno sino ambos pulgares, formando con los labios la palabra **MILLONADA**, para recordarme que ¡debíamos ganar el premio a toda costa!

Yo respondí con dignidad:

—El motivo por el que participo en este jue-

¡¡¡MILLONADA!!!

go es estrictamente personal... Si no le importa, señor Torturio, prefiero guardármelo. Desilusionado, él exclamó:

—Ah, bueno, si es así... empecemos con las preguntas. Ya sabe que *si responde de manera equivocada* el resorte de la trampa se disparará, atrapándole la cola... ¡o quizá arrancándosela de golpe!

Un ESCALOFRÍO me erizó el pelaje.

El público rió maliciosamente.

Una rata grande y gorda, de pelaje negro como el carbón y de bíceps muy, muy **musculosos** empezó a golpear un tambor:

—*Tum-tu-tum-tu-tum, tum-tu-tum-tu-tum, tu-tummm...*

La tensión en la sala subió.

Comprendí que todos estaban aguantando la respiración.

Eché una mirada a la cabina de dirección: el productor se estaba frotando las patas, satisfecho.

¡Evidentemente, los índices de audiencia estaban subiendo como la espuma!

Torturio ululó:

—Ahí va la primera pregunta. ¡Atento a su cola, Stilton! ¡Jijijiiiiiii!

La tensión en la sala subió...

¿SEGURO QUE ESTÁ LISTO, STILTON?

—Ahí va la primera pregunta... ¿está listo, Stilton? —exclamó Torturio.

Yo me concentré y respondí:

—Sí, estoy listo.

—¿Seguro que está listo, Stilton? —insistió él.

—Sí, gracias, estoy listo —dije.

—¿Listo, listo, listo? —dijo.

—Sí, listísimo —dije.

—¿Seguro que está concentrado? —dijo.

—¡Sí, gracias! —dije.

—¿Realmente está concentrado? —dijo.

—¡Síííííííííí! —dije.

—Entonces ¿puedo empezar con la primera pregunta? —dijo.

—Sí, empiece —dije.

—Pues no me parece que esté lo suficientemente concentrado... —dijo.

—Pues estoy concentradísimo, se lo garantizo. ¡Empiece ya! —dije.

—Lo veo pálido, muy pálido... —dijo.

—¡Empiece ya de una vez, se lo ruego! —dije.

—Veo que tiene gotas de sudor en los bigotes..., parece un poco inquieto..., más bien muy inquieto... —dijo.

—*Peroperopero* ¿quiere empezar de una vez? —dije exasperado—. ¡No puedo más!

Contento de haberme

Peroperopero

ESTRESADO,

Torturio rió SINIESTRAMENTE y exclamó satisfecho:

—Bien, *ahora sí* que podemos empezar...

Con una sonrisa sádica empezó a leer:

—Es una preguntita *fácil fácil fácil*, señor Stilton... *fácil*, pero sólo usted conoce la respuesta, ¡¡jijijiiii!

El jurado rió maliciosamente.

Yo me sequé el sudor de los bigotes e intenté relajarme.

Toturio recalcó solemne:

—¡Primera pregunta! ¿¿¿Puede decirnos cuál es el significado original de la palabra... *Halloween*???

La rata **negra** empezó a golpear el tambor marcando el tiempo. *Tum-tu-tum-tu-tum, tum-tu-tum-tu-tum, tu-tummm...*

—Vaya, ejem, sí, claro —dije—, Halloween es una antigua palabra celta, de hecho fueron los celtas, en el norte de Europa, los que empezaron a celebrar la fiesta de Halloween, encendiendo *fuegos* alrededor de los que bailaban portando máscaras, y... —concluí en tono seguro— la palabra *Halloween* proviene de *All Hallows' Eve*, es decir, *¡la vigilia de Todos los Santos!*

Torturio me miró fijamente y murmuró:

—¿Esta es su respuesta? ¿Está seguro?

Yo confirmé:

—Sí, estoy seguro.

Él murmuró, fingidamente atento:

—Mire que si quiere cambiar la respuesta ahora aún está a tiempo, ¿está seguro?

Yo *sacudí* la cabeza:

—¡Confirmo lo que he dicho! ¡Estoy seguro!

Él parecía desilusionado, meneó la cabeza y exclamó a regañadientes:

—¡La respuesta es... correcta!

El jurado murmuró lúgubremente:

—¡¡¡BUUUUUU UU U U!!!

Me di cuenta de que estaban también desilusionados: ¡esperaban ver correr la sangre!

Torturio exclamó:

—¡Segunda pregunta! ¿Cómo se llamaba... la sustancia... con la que los **ANTIGUOS EGIPCIOS**... embalsamaban los cadáveres... y de la que deriva la palabra... *momia*?

Yo **reflexioné** largamente, y entonces recordé una de mis aventuras, mientras el redoble del tambor resonaba en el estudio. *Tum-tu-tum-tu-tum, tum-tu-tum-tu-tum, tu-tummm...*

... MOMIA

—Pues... se llamaba... ¡se llamaba exactamente *mum*! ¡Era pegajosa, una mezcla de petróleo, mirra y otras sustancias para conservar los cadáveres!

Torturio comprobó la respuesta y de nuevo desilusionado anunció:

—Exaaacto...

El jurado murmuró de nuevo:

-¡¡¡BUUUU U U U U U U U!!!
-¡¡¡BUUUUU U U U U U!!!

Vi que Ratigoni sonreía satisfecho.

Torturio exclamó:

—¡Tercera pregun-
ta! ¿Cómo se llama-
ba la ceremonia en
la que en la Edad
Media un joven
era nombrado caba-
llero y pronunciaba
un solemne juramen-
to? ¿Cómo se llama-
ba esta ceremonia?

Triunfante, respondí:

... Investidura

—¡Se llamaba *Investidura*, estoy seguro!

Torturio estaba desilusionado:

—También esta vez ha sido exacto...

El jurado refunfuñó:

-¡¡¡*B U U U U U U U U u ¡*!

Y oí que comentaban:

—¡Le hace preguntas demasiado fáciles!

—¡No, eligen concursantes demasiado buenos!

—¡Nos habían garantizado sangre y hasta ahora ni siquiera le ha pellizcado la cola!

—En mi opinión, ¡se han puesto de acuerdo!

—¡Ese Stilton tiene pinta de ser un tramposo!

Las cámaras me enfocaron mientras sonreía bajo los bigotes, satisfecho.

Torturio continuó:

—¡Cuarta pregunta! ¿Cuál es el nombre del escritor irlandés... que en 1897... escribió el famoso libro... *Drácula*?

Yo respondí triunfante:

—¡Bram Stoker!

Torturio tenía una expresión de fastidio.

Refunfuñó:

—¡¡¡Exacto!!!

El jurado protestó abiertamente:

— ¡¡¡BUUUUUU U U U!!!

DRÁCULA

Torturio se aclaró la garganta y formuló la pregunta final, que daba derecho al premio de un millón que aún nadie había conquistado:

—**1.** *¿Cómo se llamaba el autor de la novela* Franken-stein?

2. *¿Cuándo nació y cuándo murió?*

3. *¿Cuándo se escribió esta novela y por qué?*

4. *En la novela, ¿cómo se llama el científico loco que crea al monstruo?*

5. *¿Dónde se desarrolla la acción?*

Tiene un minuto para responder.

FRANKENSTEIN

Intenté concentrarme mientras el redoble del tambor me retumbaba en los oídos. ¡La pregunta era dificilísima!

Tum-tu-tum-tu-tum, tum-tu-tum-tu-tum, tu-tummm... ¡Me sentí invadido por el pánico, tenía miedo de equivocarme! De reojo vi a

Ratigoni que me miraba con expresión de - sesperada.

Me **CONCENTRÉ** lo más que pude.

El público retenía la respiración por la emoción, oí chirriar el resorte de la trampa, listo para dispararse.

Entonces grité la respuesta, sobresaltando a Torturio:

—**1**. *¡La autora de la novela* Frankenstein *se llama Mary Shelley!*

2. *¡Nació en 1797 y murió en 1851!*

3. *Mary Shelley empezó a escribir la novela en 1816. Durante una velada tres amigos contaron historias de fantasmas; ¡así se le ocurrió la idea de un monstruo creado por un científico loco!*

4. *¡El nombre del científico loco es Victor Frankenstein!*

5. *¡La acción se desarrolla en Ingolstadt, en Baviera!*

El estudio se sumió en un silencio total. La rata negra dejó de golpear el tambor y prestó atención, como todos los demás.

Torturio lanzó una mirada **DESESPERADA** a la cabina de producción, y después, con los bigotes vibrándole anunció:

—Ejem, la respuesta a la superpregunta es... es... es... ejem, es... ¡¡¡correcta!!!

Estalló el fin del mundo.

Ratigoni corrió hacia mí y me abrazó, gritando feliz:

—¡Hemos ganado una millonada, Stilton!

Lo habíamos conseguido.

Yo estaba a salvo... y *El Eco del Roedor* también.

Ratigoni me abrazó, feliz...

EL RATÓN
MISTERIOSO ES...

Antes de salir pasé por la caja de «**LA RATO-NERA**», donde Torturio, a regañadientes, me dio una montaña de **MONEDAS DE ORO** y un carrito para llevármelas.

—*A fin de cuentas,* qué millonada... —se regocijaba Ratigoni.

Volvimos a la calle del Queso, 85 seguidos por una camioneta blindada.

A pesar de que era de madrugada, me esperaba una multitud de periodistas.

—Señor Stilton, ¿está contento de haberse salvado la cola?

—Díganos, ¿ha sido muy estresante?

—Diga, diga, señor Stilton, ¿repetiría la experiencia?

Yo grité a todo pulmón:

—¡Noooo! ¡Ni hablar!

A continuación cerré la puerta dejándolos a todos fuera.

¡Uf, no podía más!

Harinoso me recibió con un enorme bollo con triple ración de queso, sobre el que había escrito con pasta de anchoas: ¡Bravo, Stilton!

—Gracias, Harinoso. Los amigos siempre están cuando se les necesita...

Tea llegó agitando una hoja de papel, satisfecha.

—¡He descubierto quién es el ratón misterioso! Es...

—**¿QUIÉN ES?** —exclamé.

—**¿QUIÉN ES?** ¡Dímelo a mí también! —gritó Ratigoni.

Todos mis empleados gritaron: **¿QUIÉN ES?** ¡Díganoslo también a nosotros!

Ella sonrió bajo los bigotes y murmuró:

—El ratón misterioso con un solo ojo se llama Escobillo Pelado, y hasta hace tres días se dedicaba a fabricar... ¡productos higiénicos!

—¡Me lo imaginaba! —exclamó Ratigoni.

—El señor Escobillo Pelado fundó hace treinta años una empresa que fabrica escusados —prosiguió Tea—. Es un roedor rico, es más, riquísimo..., ha inventado el escusado de asiento climatizado.

—¡Es verdad! ¡Los escusados Pelado son famosos! He visto su publicidad... —grité.

¡El nuevo escusado *Ultralujoso**
para el ratón que sabe lo que quiere!

Interruptor para la regulación de la altura del asiento

Interruptor de célula fotoeléctrica para jalar de la cadena

Papel higiénico de diez capas, ultrasuave, personificado con las iniciales del propietario

Tapa con refuerzo antiolor

Pinza pasapáginas automática para quien le gusta leer

Control del volumen del aparato de música

Interruptor para encender:
a) la computadora para navegar por Internet
b) el regulador de la intensidad lumínica
c) la persiana autoenrollable

Escobillón autolimpiable hidrorrepelente y antiapestosidades

Aparato musical escondido que se conecta automáticamente cuando se levanta la tapa

Asiento en piel sintética climatizada

Rociador de esencia de rosas para desodorizar el baño

Ultralujoso

* es un producto patentado por Escobillo Pelado

Descolgué el teléfono para llamarlo, pero reflexioné:

—¡Quiero ir en persona a decirle en su cara lo que pienso de él!

Mientras Ratigoni contaba y recontaba las monedas de oro, pesándolas una por una con una balanza de precisión (uno de sus lemas es *confiar es bueno pero no confiar es mejor*), yo llamé a un **TAXI** para ir a la calle del Tortelini, 13, a la sede de *El Eco del Roedor*, ahora sede de *Ediciones El Grito*.

Con lágrimas en los ojos por la nostalgia, salí del taxi y entré en mi (ex) oficina. Lo admito, soy un ratón sentimental...

SEÑOR ESCOBILLO PELADO

Llamé a la puerta de la editorial y dije fiero:

—¡Abran! ¡Mi nombre es Stilton, *Geronimo Stilton*!

La puerta se abrió y yo recorrí el pasillo, dirigiéndome hacia una habitación que conocía bien: ¡mi (ex) despacho!

Entré.

Escondido tras el escritorio, con la nariz hundida en manuscritos como una rata de alcantarilla que royera un pedazo de queso, había un ratón con un solo ojo. Llevaba un **PARCHE NEGRO** que le daba un vago aire de pirata... Era bajo y corpulento, con el pelaje claro y lleno de brillantina.

Vestía un traje de tres piezas **CRUZADO**, tipo gángster, una camisa amarilla queso e iba perfumado con una carísima colonia al gorgonzola maduro. En los **BOTONES** de madreperla llevaba grabadas dos letras: **W** y **C**. En la pata derecha lucía un anillote de oro con un diamante inmenso. En la muñeca, un enorme reloj de oro con diamantes incrustados. ¡¡¡Todo él resultaba demasiado llamativo!!!

En la pata derecha lucía un anillote de oro con un diamante inmenso.

Me miró con una expresión feroz, apretando las mandíbulas, y entonces agitó la cabeza:

—*¡Por mil baños apestosos!* ¿Quién eres y qué quieres?

Yo repliqué fiero:

—Antes que nada me presentaré: ¡mi nombre es Stilton, *Geronimo Stilton*! ¡Y dirijo *El Eco del Roedor*!

Él rugió:

—*¡Por mil escobillas sucias!* ¿Qué has venido a hacer aquí? ¡Esta ya no es tu oficina! ¡Lárgate!

Yo me reí, burlón:

—Acabo de ganar un millón... y voy a invertirlo todo en mi editorial. ¡Ahora yo también soy extrarrico! ¡Te las vas a **VER NEGRAS**, Escobillo Pelado! Hasta ahora has tenido la ventaja del dinero... pero ¡las cosas han cambiado!

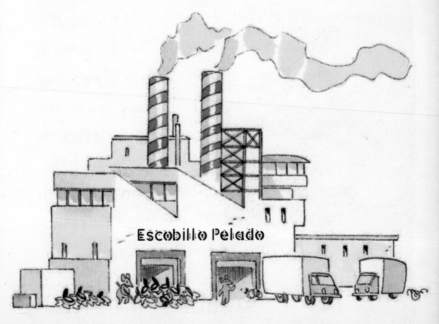

Escobillo Pelado

Él se calló y apretó las mandíbulas.

Me miró directamente a los ojos, entrecerrando el suyo con una mirada perforadora.

Sí, era un tipo duro.

Pero ¡también yo puedo ser duro cuando me lo propongo! Así que me alisé los bigotes y exclamé:

—¡Esta ciudad es demasiado pequeña para los dos, Escobillo!

Él permaneció en silencio, pero también se alisó los bigotes.

Yo proseguí:

—¡Te lo repito: ahora que soy rico, es más, extrarrico, lucharemos en igualdad de condiciones!

ESCOBILLO PELADO

Él pareció palidecer (¿era posible?) y entonces sacudió la cabeza.

—¡NO!

—¿NO, qué? —pregunté yo.

Él siguió sacudiendo la cabeza.

—Te digo que no, que no lucharemos en igualdad de condiciones...

—¿Por qué? —pregunté yo, perplejo.

Él permaneció callado, me miró largamente con su único ojo, y entonces, de repente, apoyó la cabeza sobre el escritorio y estalló en lágrimas:

—Nosotros dos no lucharemos en igualdad de condiciones... ¡porque tú eres el mejor en tu oficio, mientras que yo soy incapaz de sacar adelante una editorial! ¡Buaaa!

Yo me quedé con un palmo de narices.

UNA DEDICATORIA
EN EL PAPEL HIGIÉNICO

Él continuaba sollozando:

—Nunca he podido estudiar..., lo he hecho todo solo..., soñaba tanto con tener una editorial..., creía que bastaba sólo con tener dinero..., en cambio, yo...

Me acerqué a él y le dije:

—Bueno, tranquilízate, después de todo tienes un periódico...

¡EL GRITO DE LA RATA DE ALCANTARILLA!

Él, veloz como un gato, abrió un cajoncito y sacó un papel lleno de cifras.

—¡Qué va! ¡Mira esto! ¡Los puestos están devolviendo todos los ejemplares de mi periódico, las librerías devuelven mis libros..., los lectores siguen pidiendo sólo *El Eco del Roedor* y los libros de *Ediciones Stilton*! ¡Buaaaa!

Yo eché una mirada a los libros que había publicado Escobillo.

No me extrañaba que no gustaran al público.

¡Los títulos eran horrendos!

LOS LIBROS HORRENDOS...

EL ESCUSADO, ESE DESCONOCIDO
Historia de los aparatos higiénicos desde la antigüedad hasta hoy

DISFRUTA EN CASA
qué hacer mientras estás sentado en el baño

EL MISTERIO DEL ESCUSADO DESAPARECIDO
Novela policíaca

MIL Y UNA MAQUETAS DE PAPIROFLEXIA CON PAPEL HIGIÉNICO

La Filosofía de la llave de agua
divagaciones sobre el sentido de la vida por Escobillo Pelado

... DE LAS EDICIONES EL GRITO

Ahora Escobillo Pelado hasta casi me daba pena. Lo consolé:

—No es culpa tuya si no lo has conseguido. Uno no se vuelve editor de la noche a la mañana; yo he tardado veinte años en aprender. Piensa que ya a los trece años mi abuelo me hacía corregir las pruebas de imprenta, y me llevaba con él a la Feria del Libro...

Él seguía llorando, sonándose la nariz en un pañuelito ROJO con bolitas amarillas, con los bigotes goteantes de lágrimas:

—¡Buaaaa! ¡Buaaaa! Lo dices sólo para consolarme... Soy un ratón ignorante... una rata incapaz... un roedor INÚTIL...

Me senté a su lado.

—Vamos, no llores. NO TE DERRUMBES ASÍ...

Él refunfuñó:

—Para ti es fácil decirlo porque eres famoso, aquí en Ratonia, todos te conocen, tus libros son buenísimos, los he leído todos, ¿sabes?

Entonces sacó del cajón del escritorio uno de mis libros: *El amor es como el queso.*

—¿Querrías dedicármelo? ¡Es mi libro preferido!

Mi abuelo me llevaba con él a la Feria del Libro...

Pensé durante unos segundos y después le escribí una dedicatoria:

—¡*A mi nuevo amigo Escobillo Pelado, con el deseo de que me dedique pronto un libro publicado por él!*

—Como máximo podré dedicarte una nueva marca de papel higiénico...

Como máximo podré dedicarte una nueva marca de papel papel higiénico papel higiénico higiénico papel higiénico higiénico papel

¿LIBROS O LLAVES?

Escobillo me ofreció volver a mi oficina. Llamé a Ratonila, que se alegró de la noticia.

—¿Volvemos a la Calle del Tortelini, 13? ¡Espléndido, señor Stilton! ¡Ahora mismo se lo digo a todos!

Pocos minutos después oí un grito:

—¡Agárrense los bigotes, que llega Ratigoni!

Intenté apartarme, pero la puerta se abrió *de nuevo* y *de nuevo* se me estampó en las narices, aplastándome *de nuevo* los bigotes.

Gimoteé:

—¡Ayayayyy!...

Ratigoni se precipitó dentro, cargadísimo de libros.

Mientras él volvía a colocar de nuevo los libros en los estantes, silbando el himno nacional de La Isla de los Ratones, Escobillo lo observaba triste.

—**Novelas,** periódicos, en suma... CULTURA..., qué suerte la suya, tienen un trabajo tan interesante... Yo he producido durante veinte años lavabos y escusados, no es lo mismo, ¿sabes?...

Sacudí la cabeza.

—Pero ¡has ganado mucho dinero!

Él también sacudió la cabeza.

—Hay cosas que no se pueden comprar con dinero, Stilton. ¡La cultura, por ejemplo!

Oí gritos que venían de la calle.

Corrí hacia la ventana y me asomé.

Bajo mi oficina había una multitud de roedores que gritaba: —¡STILTON! ¡QUEREMOS EL PERIÓDICO!

Sonreí.

La multitud continuó, cada vez más fuerte: ¡DANOS EL PERIÓDICO, STILTON!

—¡El periódico, Stilton! ¡¡¡Queremos el periódico!!!

Hice un gesto para pedir silencio y grité:

—¿Quieren el periódico? ¡Pues lo tendrán! Desde mañana todo volverá a ser como antes: encontrarán *El Eco del Roedor* en los puestos y los libros de *Ediciones Stilton* en todas las librerías de la isla.

Mil voces exclamaron:

—¡Síííííííííííí! ¡Hurra por *El Eco del Roedor*!

—¡Stilton! ¡Queremos el periódico, Stilton!

Voltée y vi a Escobillo triste en un rincón.

Ratigoni exclamó:

—Stilton, ¡he tenido una idea excepcional, millonaria! *A fin de cuentas*, ¿por qué no abren juntos una nueva editorial para publicar libros de arte? Stilton pone la experiencia de editor, Escobillo pone los millones...

A Escobillo le brillaron los ojos.

—Tengo una idea genial: la llamaremos **ARTE HIGIÉNICO**.

Yo sugerí:

—Ejem, Escobillo, ¿qué te parecería un nombre más clásico?, por ejemplo...

—¡Perfecto!

Escobillo me dio un fuerte ABRAZO de morsa, luego se asomó a la ventana y tronó:

—¡Por fin yo también tengo una editorial de verdad! ¡Ja ja jaaa!

A continuación gritó tan fuerte que se oyó desde la punta más alejada de la calle:

—¡Y se llama **RAT-ART**! ¡¡¡Se nota en seguida que es algo artístico, cosa de intelectuales!!!

La multitud permaneció unos segundos desconcertada.

Entonces, miles de voces exclamaron:

—¡¡¡Bieeeeeeeeeeen!!! ¡Hurra por *Escobillo Pelado*!

Y después:

—¡Hurra por **RAT-ART**!

¡TOME NOTA, SECRETARIO!

A la mañana siguiente vi sobre la puerta una placa de latón brillante con un texto grabado...

RAT-ART

LIBROS TAN INTELECTUALES ¡QUE MÁS INTELECTUALES IMPOSIBLE!

Escobillo se había instalado ya en su nuevo despacho, justo al lado del mío. Estaba dictándole a su secretario, *Escribano Plumilla*, un ratón de *pelaje gris* y expresión resignada.

—¡... el arte, ah, el arte! —murmuraba Escobillo con actitud inspirada.

Mientras tanto, Escribano Plumilla tomaba nota resignado:

—El arte, ah, el arte...

En aquel momento pasó por allí *Ratino Van Ratten*, mi CCG (Consultor Cultural Global). Es el tío de mi asistente editorial, Pinky Pick. ¿Conocen ya a Ratino? Lo encontré en el curso de mi aventura *El misterioso manuscrito de Nostrarratus* y desde entonces se ha convertido en uno de mis mejores amigos, aunque tengamos ideas muy muuuuy distintas acerca de los libros...

Ratino ← abrió los brazos → y tronó en to - no melodramático:

—Excuse, si me permite, el Arte, en mi opinión, ¡debe ir siempre con A mayúscula!

Escobillo se entusiasmó:

—¡*Por mil baños apestosos! ¡Tiene razón!*
¡Corrija, Escribano Plumilla, Arte con **A** ma -
yúscula!
Escribano, resignado, corrigió:
—Arte con **A** mayúscula....
Ratino prosiguió con entusiasmo...

—¡POR SUPUESTO!

Ratino Van Ratten

Pinky Pick

En esta oficina, siempre carente de impulsos culturales, por fin hay alguien que se interesa por el Arte, la Cultura, los Libros... ¡por fin hay un **I**ntelectual con **I** mayúscula! Escobillo era feliz.

—¿Intelectual? ¿Con **I** mayúscula? ¡Claro! Venga, venga a mi despacho y hablaremos... Ratino pescó la **OPORTUNIDAD RÁPIDAMENTE**:

—¿Sabe?, tengo tantas **I**deas para libros verdaderamente **I**ntelectuales, verdaderamente artísticos...

Escobillo me llamó:

—¡Stilton! *Por mil escusados con E mayúscula*, ven aquí a escuchar tú también las **I**deas de este roedor iluminado, ¡son Superculturales!

Pero yo ya me había escabullido.

MEMORIAS
DE UN RATÓN

Seis meses más tarde.

Eran las siete de la tarde: oí un claxon sonar debajo de mi casa.

Me asomé: era una limusina de color amarillo queso que me esperaba en la calle.

Se asomó un ratón vestido con un **traje gris cruzado**: sí era él, ¡Escobillo Pelado!

—¡Vamos, Stilton, baja ya que es muy tarde! ¿Te has olvidado de la inauguración de los *Impresionables*, organizada por nuestra editorial? ¡Además, después tenemos que ir al concierto de *Música de habitación*!

Yo bajé a la calle, subí al coche y le dije:

Pero...

Eran las siete de la tarde...

—Ejem, Escobillo, perdona si te corrijo, pero no se llaman *Impresionables*, sino Impresionistas... y se dice Música de cámara, no *Música de habitación*...

Él levantó sus cejas **SUPERPOBLADAS** y exclamó:

—¡No! ¿¿¿De verdad??? *¡Por mil destapabaños mugrientos*, qué bueno es saberlo!

Entonces le gritó al secretario, que estaba sentado al lado del chofer:

—¡Plumilla, tome nota!

El otro respondió resignado:

—¡Ahora mismo, señor editor Escobillo!

Él se rió y me dio un codazo, contento.

—*¡Por mil baños apestosos*, querido Stilton, si sigo así, a este paso me convertiré en un ratón (casi) intelectual! Ya estoy escribiendo mi autobiografía (se la estoy dictando a Escribano Plumilla). Creo que la titularé *MEMORIAS DE UN RATÓN*...

... podría imprimirlo todo en un gran rollo de papel higiénico, ¡así se podría leer un poco cada vez que se utilizara el baño!

Podríamos hacer que lo patrocinara una marca de papel higiénico, por ejemplo la **¡Super-absorbente!**

¿Qué te parece, eh? ¿Te gusta la idea?

Sin esperar mi respuesta **RUGIÓ**:

Escribano
Plumilla

—¡Plumilla, tome nota! ¿¿¿Ha tomado nota, Plumilla??? *¡Por mil tuberías atascadas!*

Entonces se dirigió a mí:

—Así pues, ¿qué dices, Stilton, eh? ¿Qué dices? ¿Qué piensas, socio?

Yo aplacé la respuesta:

—Ejem, tengo que pensarlo, en todo caso, es una idea muy original...

Cuando llegamos a la exposición de pinturas, *descendimos* del coche y entramos en la galería de arte, donde estaba a punto de empezar la *fiesta* de inauguración.

Escobillo era feliz. Entró en la galería gritando:

—¡Soy el editor Escobillo Pelado, el de ediciones RAT-ART!

Y empezó a estrechar las patas de intelectuales, periodistas y escritores a diestra y siniestra, exclamando contento:

—Vaya, ¿cómo le va? Bonita esta exposición, ¿eh? *QUÉ IMPRESIÓN, ESTOS IMPRESIONISTAS*, jajajajaja...

Luego se me acercó y murmuró emocionado:

—Gracias, Stilton. Ahora que tengo una editorial soy verdaderamente feliz. ¡Tú has conseguido que cumpla mi sueño más grande! ¡Eres un amigo de verdad!

¡... se había convertido en un ratón (casi) intelectual!

Mientras se alejaba, pensé que Escobillo se había convertido en un ratón (casi) intelectual.

En aquel instante oí un grito:

¡Agárrense los bigotes, que llega Ratigoni!

La puerta se abrió de golpe, pero yo, veloz como un gato, me aparté... ¡¡¡así esta vez la puerta no se me estampó en las narices y no me aplastó los bigotes!!!

Él sonrió y murmuró:

—¡Me gusta trabajar contigo, Stilton!

Yo murmuré:

—¡También a mí contigo, Ratigoni!

A continuación sonrió... bajo los bigotes.

ÍNDICE

Geronimo Stilton

Mi nombre es Stilton, Geronimo Stilton

En busca de la maravilla perdida

El misterioso manuscrito de Nostrarratus

La sonrisa de Mona Ratisa

El galeón de los gatos piratas

¡Quita esas patas, cara de queso!

El amor es como el queso

El castillo de Zampachicha Miaumiau

¡Agárrense los bigotes... que llega Ratigoni!

Geronimo Stilton

El castillo de
Roca Tacaña

Geronimo Stilton

Un disparatado viaje
a Ratikistán

Geronimo Stilton

La carrera más loca
del mundo

Geronimo Stilton

El misterio
del tesoro desaparecido

Geronimo Stilton

Cuatro ratones
en la Selva Negra

Geronimo Stilton

El fantasma del metro

NO TE PIERDAS MIS HISTORIAS DIVERTIDÍSIMAS.
¡PALABRA DE GERONIMO STILTON!

Geronimo Stilton

**Marca en la casilla correspondiente
los títulos que tienes y los que te faltan
para completar la colección**

SÍ NO 1. Mi nombre es Stilton, Geronimo Stilton
SÍ NO 2. En busca de la maravilla perdida
SÍ NO 3. El misterioso manuscrito de Nostrarratus
SÍ NO 4. El castillo de Roca Tacaña
SÍ NO 5. Un disparatado viaje a Ratikistán
SÍ NO 6. La carrera más loca del mundo
SÍ NO 7. La sonrisa de Mona Ratisa
SÍ NO 8. El galeón de los gatos piratas
SÍ NO 9. ¡Quita esas patas, cara de queso!
SÍ NO 10. El misterio del tesoro desaparecido
SÍ NO 11. Cuatro ratones en la Selva Negra
SÍ NO 12. El fantasma del metro
SÍ NO 13. El amor es como el queso
SÍ NO 14. El castillo de Zampachicha Miaumiau
SÍ NO 15. ¡Agárrense los bigotes… que llega Ratigoni!

EL ECO DEL ROEDOR
1. Entrada
2. Imprenta (aquí se imprimen los libros y los periódicos)
3. Administración
4. Redacción (aquí trabajan redactores, diseñadores gráficos, ilustradores)
5. Despacho de Geronimo Stilton
6. Helipuerto

Ratonia, la Ciudad de los Ratones

1. Zona industrial de Ratonia
2. Fábricas de queso
3. Aeropuerto
4. Radio y televisión
5. Mercado del Queso
6. Mercado del Pescado
7. Ayuntamiento
8. Castillo de Pipirisnais
9. Las siete colinas de Ratonia
10. Estación de Ferrocarril
11. Centro comercial
12. Cine
13. Gimnasio
14. Sala de conciertos
15. Plaza de la Piedra Cantarina
16. Teatro Fetuchini
17. Gran Hotel
18. Hospital
19. Jardín Botánico
20. Bazar de la Pulga Coja
21. Estacionamiento
22. Museo de Arte Moderno
23. Universidad y Biblioteca
24. «La Gaceta del Ratón»
25. «El Eco del Roedor»
26. Casa de Trampita
27. Barrio de la Moda
28. Restaurante El Queso de Oro
29. Centro de Protección del Mar y del Medio Ambiente
30. Capitanía
31. Estadio
32. Campo de golf
33. Piscina
34. Canchas de tenis
35. Parque de atracciones
36. Casa de Geronimo
37. Barrio de los anticuarios
38. Librería
39. Astilleros
40. Casa de Tea
41. Puerto
42. Faro
43. Estatua de la Libertad

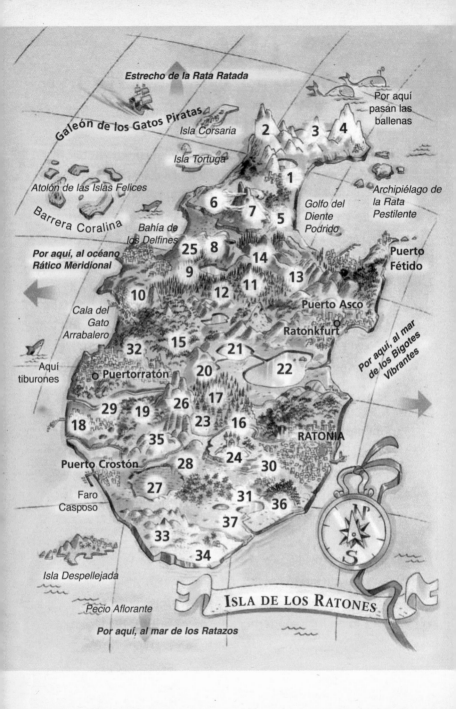

La Isla de los Ratones

1. Gran Lago Helado
2. Pico del Pelaje Helado
3. Pico Tremendoglaciarzote
4. Pico Quetecongelas
5. Ratikistán
6. Transratonia
7. Pico Vampiro
8. Volcán Ratífero
9. Lago Sulfuroso
10. Paso del Gatocansado
11. Pico Apestoso
12. Bosque Oscuro
13. Valle de los Vampiros Vanidosos
14. Pico Escalofrioso
15. Paso de la Línea de Sombra
16. Roca Tacaña
17. Parque Nacional para la Defensa de la Naturaleza
18. Las Ratoneras Marinas
19. Bosque de los Fósiles
20. Lago Lago
21. Lago Lagolago
22. Lago Lagolagolago
23. Roca Tapioca
24. Castillo Miaumiau
25. Valle de las Secuoyas Gigantes
26. Fuente Fundida
27. Ciénagas sulfurosas
28. Géiser
29. Valle de los Ratones
30. Valle de las Ratas
31. Pantano de los Mosquitos
32. Roca Cabrales
33. Desierto del Ráthara
34. Oasis del Camello Baboso
35. Cumbre Cumbrosa
36. Jungla Negra
37. Río Mosquito

Queridos amigos roedores,
hasta el próximo libro.
Otro libro padrísimo
palabra de Stilton, de...

Geronimo Stilton